VENTE
Du Mercredi 15 Mai 1912
HOTEL DROUOT, SALLE Nº 11
A DEUX HEURES

EXPOSITION PUBLIQUE
Le Mardi 14 Mai 1912
De deux heures à six heures

TABLEAUX ANCIENS
OBJETS DE VITRINE, PENDULES
BRONZES, SCULPTURES
RÉGULATEUR
MEUBLES ANCIENS
Tapisseries

Mᵉ E. FOURNIER
COMMISSAIRE-PRISEUR
M. R. BLÉE
EXPERT

VENTE
AUX ENCHÈRES PUBLIQUES
DE

TABLEAUX ANCIENS
ET MODERNES

Par, ou d'après :

BERGHEM, BOILLY, BOURGUIGNON, DUPLESSIS, LARGILLIÈRE, LENOIR, MICHEL
VAN MIÉRIS, MONNOYER
RAFFAELLI, TENIERS, VAN DER NEER, VESTIER, ETC.

ET DES ÉCOLES
ITALIENNE, FLAMANDE, HOLLANDAISE ET FRANÇAISE

PORCELAINES — OBJETS DE VITRINE

BRONZES

Statuettes, Bustes, Candélabres, Surtout de table

PENDULES ANCIENNES

Bustes en marbre sculpté

IMPORTANTE PENDULE EN TERRE CUITE " *LES TROIS GRACES* ", *DE A. CARRIER*

MEUBLES ANCIENS

Marquetés ou sculptés

BUREAUX, TABLES, SECRÉTAIRES, COMMODES, BAHUTS

IMPORTANT RÉGULATEUR EN BOIS DE ROSE ET BRONZE, XVIIIe SIÈCLE

SIÈGES ANCIENS

PANNEAUX D'ANCIENNES TAPISSERIES

HOTEL DES VENTES, RUE DROUOT, 9, SALLE N° 11
LE MERCREDI 15 MAI 1912
A 2 HEURES 1/4

Mᵉ E. FOURNIER	**M. R. BLÉE**
COMMISSAIRE-PRISEUR	EXPERT
29, rue de Maubeuge	53, rue de Châteaudun

Chez lesquels se distribue le Catalogue

EXPOSITION PUBLIQUE
Le Mardi 14 Mai 1912, de deux heures à six heures

CONDITIONS DE LA VENTE

Elle sera faite au comptant.

Les adjudicataires paieront *dix pour cent* en sus des enchères.

L'exposition mettant le public à même de se rendre compte de l'état et de la nature des objets, aucune réclamation ne sera admise une fois l'adjudication prononcée.

Paris. — Imp. de l'Art, Ch. Berger, 41, rue de la Victoire

DÉSIGNATION

TABLEAUX

ÉCOLE FRANÇAISE

1 — *Jeune Femme assise.*

Dessin au crayon noir.
Cadre en bois sculpté et doré.

ÉCOLE FRANÇAISE

2 — *Vue d'Orient.*

Fixé ovale.

ÉCOLE FLAMANDE (xviiᵉ siècle)

3 — *Portrait d'Homme.*

Vu à mi-corps, vêtement brun soutaché de noir, orné
d'un grand rabat et de manchettes en dentelle.

Toile. Haut., 93 cent.; larg., 655 millim.

ÉCOLE FRANÇAISE

4 — *Toile décorative.*

Dessus de porte.
Toile.

ÉCOLE FRANÇAISE (xixᵉ siècle)

5 — *Jeune Femme au perroquet.*

> Panneau. Haut., 62 cent.; larg., 50 cent.

ÉCOLE FRANÇAISE

6 — *Portrait présumé du Comte H. de Lambert.*

> Toile. Haut., 22 cent.; larg., 16 cent.

ÉCOLE FRANÇAISE (xviiiᵉ siècle)

7 — *Portrait d'un Jeune Seigneur.*

> En cuirasse, portant le cordon de l'ordre du Saint-Esprit.

> Toile. Haut., 75 cent.; larg., 62 cent.
Cadre en bois sculpté.

ÉCOLE FRANÇAISE (xviiiᵉ siècle)

8 — *Portrait présumé de M. J.-E.-E.-L. Lieutaud.*

> Il est représenté en costume vert à broderies d'or, assis à son bureau.

> Toile. Haut., 1 m. 02 cent.; larg., 80 cent.

ÉCOLE FRANÇAISE (xviiiᵉ siècle)

9 — *Portrait de Femme en corsage blanc.*

> Haut., 215 millim.; larg., 165 millim.

ÉCOLE ITALIENNE

10 — *Jeux d'Enfants.*

> Toile. Haut., 97 cent.; larg., 1 m. 40 cent.

ÉCOLE ITALIENNE

11 — *Saint Michel terrassant le démon.*
>> Cuivre. Haut., 23 cent.; larg., 18 cent.

ÉCOLE ESPAGNOLE

12 — *L'Écot disputé.*
>> Toile. Haut., 75 cent.; larg., 58 cent.

ÉCOLE FLAMANDE

13 — *Paysage animé, avec ruine et cours d'eau.*
>> Panneau rond.

ÉCOLE FLAMANDE

14 — *Le Festin d'Hérodiade.*
>> Panneau. Haut., 62 cent.; larg., 79 cent.
>> Cadre en bois sculpté.

ÉCOLE HOLLANDAISE

15 — *Madeleine.*
>> Panneau. Haut., 17 cent.; larg., 12 cent.

ÉCOLE HOLLANDAISE

16 — *Coucher de soleil sur la rivière.*
>> Panneau. Haut., 45 cent.; larg., 48 cent.

ÉCOLE HOLLANDAISE

17 — *Femme se chauffant.*
>> Panneau. Haut., 16 cent.; larg., 14 cent.
>> Cadre en bois sculpté.

ÉCOLE HOLLANDAISE

18 — *La Partie de cartes.*

> Panneau. Haut., 32 cent.; larg., 25 cent.

BERGHEM

19 — *Jeune Femme sur son âne.*

> Dessin à la sanguine.

BOILLY

20 — *Portrait d'un Officier.*

> Toile. Haut., 215 mill.; larg., 165 millim.

BOILLY (Attribué à)

21 — *Portrait de Femme, coiffée d'un bonnet.*

> Panneau. Haut., 21 cent.; larg., 165 millim.

BOURGUIGNON (Attribué à)

22 — *Prise d'une ville assiégée en présence du Roi.*

> Toile. Haut., 66 cent.; larg., 1 m. 12 cent.

BOURGUIGNON (École de)

23 — *Scène de bataille.*

> Toile. Haut., 925 millim.; larg., 1 m. 42 cent.

DUPLESSIS (Attribué à)

24 — *Portrait de Femme.*

> Les cheveux poudrés retenus par un ruban bleu, né-
> gligé blanc, attaché d'un nœud de ruban jaune.
> Toile ovale.

LARGILLIÈRE (École de)

RAFAELLI (J.-F.)

PORCELAINES

OBJETS DE VITRINE

34 — Rocher en cristal de roche.

35 — Deux vases en émail cloisonné, décor fleuri
sur fond vert.

36 — Grande potiche en faïence italienne, décorée
d'armoiries.

37 — Tasse trembleuse et sa soucoupe en porcelaine de Paris, décor fleuri.

38 — Six petits pots à crème en porcelaine de Chan-
tilly.

39 — Soupière et son couvercle en porcelaine de
Saxe, à décor fleuri, ceinture gaufrée.

40 — Soupière, à deux anses avec son couvercle et
son plateau, en ancienne porelaine de Saxe.

41 — Deux vases Médicis à couvercles en porcelaine de Vienne, décorés de réserves à personnages sur fond bleu foncé; orné de palmettes
en dorures.

42 — Vasque en porcelaine de Chine, décor fleuri
bleu sur blanc.

43 — Grande vasque en terre, décor de volatiles et
de fleurs en laque de Chine.

44 — Vase-boule à couvercle en ancienne porcelaine
du Japon. Monture en bronze ciselé et doré.
Style Louis XIV.

45 — Bonbonnière ronde en ivoire, décorée d'une
miniature : Portrait de femme. Époque Louis XVI.

46 — Grande bonbonnière, ornée d'une gouache
représentant : l'Enlèvement d'une montgol-
fière.

47 — Bonbonnière ronde, décorée au vernis Martin
de scènes animées, d'après Lancret.

48 — Bonbonnière, de forme contournée, en ancien
émail de Saxe.

49 — Bonbonnière en émail de Saxe, décor de personnages appliqué de motif en rocaille doré.

50 — Étui-nécessaire en émail rose fleuri de Bet-
tersea.

51 — Bonbonnière ronde en écaille blonde, galon-
née d'or, ornée d'une miniature : Portrait de
femme. Époque Louis XVI.

52 — Étui-nécessaire souvenir en galuchat, galonné d'argent, orné d'une miniature : Portrait
de femme, et d'un fixé à personnages Style.
Louis XVI.

53 — Boîte en galuchat galonné d'argent, ornée
d'une miniature : Enlèvement d'une montgol-
fière.

54 — Plaque en émail peint, représentant une jeune
femme à une terrasse, avec son bébé et un perroquet. Cadre en bois sculpté et doré. Style
Louis XVI.

55 — Épée à poignée et garde en acier damasquiné
d'or, lame triangulaire. xviie siècle.

56 — Quatre gobelets filigrane d'argent et gobelet
intérieur en vermeil.

57 — Brûle-parfum en argent, en forme de vase,
surmonté d'un couvercle orné d'un perroquet,
décor à godrons fleuris, à feuilles d'acanthe.

58 — Groupe en bois sculpté : Piéta. Fin xve siècle.

59 — Buste de vierge en bois sculpté. xviie
siècle.

60 — Petite grotte où est représentée la mort d'une
sainte, entourée du concert des Anges et de
figures diverses, en ivoire finement sculpté.
xviie siècle.

BRONZES

61 — Chenets à galerie en bronze ciselé et repercé. Style xviiᵉ siècle.

62 — Deux divinités de l'Inde en métal.

63 — Chauffe-mains en bronze japonais, décor nid d'abeilles et dragon.

64 — Vase en bronze chinois, décor en relief.

65 — Deux jardinières en bronze ciselé, décorées de personnages. Style Louis XV.

66 — Deux jardinières rectangulaires en cuivre rouge, reposant sur quatre pieds têtes de lions bronze ciselé.

67 — Statuettes en bronze patiné de Voltaire et de J.-J. Rousseau. Socles quadrangulaires en marbre, à moulures de bronze.

68 — Buste d'Apollon en bronze patiné.

69 — Statuette de guerrier assis en bronze cire perdue de Madrassi, partie damasquinée d'or, figure et mains en ivoire sculpté.

70 — Statuette en bronze argenté, attributs dorés, représentant la France figurée sous les traits de Junon, recevant la couronne le sceptre. Signée : *Barbieri*.

71 — Statuette : Vénus d'Arles, en bronze patiné, sur un socle.

72 — Moïse en bronze, de *Michel-Ange*. Socle en marbre rouge mouluré.

73 — Grand vase, orné d'une figurine de femme, en bronze vert patine antique. Cire perdue, de *Madrassi*.

74 — Buste de femme en bronze : Fleurs des champs. Signée de *Madrassi*. Socle en marbre rouge.

75 — Buste de la Dubarry en bronze patiné.

76 — Deux grandes lampes à pétrole, formées de deux vases en céladon, à décor fleuri en relief; monture et base en bronze ciselé verni.

77 — Deux grands candélabres, formés chacun d'une statuette de femme en bronze patiné, portant sur sa tête une corbeille d'où s'échappent trois porte-lumière en bronze ciselé et doré. Base circulaire-marbre en bleu-turquin, à tore de laurier en bronze doré. Style Louis XVI.

78 — Surtout de table, en trois parties, en bronze ciselé et doré. Style Empire.

PENDULES

79 — Pendule en bronze ciselé et doré, ornée de figurine de femme, un trépied, etc. Fin xviiie siècle.

80 — Pendule d'applique et sa console en marqueterie de Boulle, ornement en bronze ciselé et doré. Époque Louis XV.

81 — Pendule d'applique et sa console en marqueterie de Boulle, ornements, figures, mascarons, culs-de-lampe en bronze ciselé doré. Époque Louis XIV.

82 — Pendule en marbre blanc et bleu-turquin, à pilastres, ornée de cariatides, de rinceaux et de vases ; au-dessus du mouvement, un aigle, des guirlandes, etc., et de chaque côté un sphinx en bronze vert. La base, supportée par quatre pieds, est ornée de trois plaquettes de bronze ciselé. Époque Louis XVI.

83 — Grande pendule en marbre blanc et noir, à colonnes cannelées, décorée de torsades et de perles ; au-dessus du mouvement, statuette de guerrier et ensemble décoratif, composé d'attributs guerriers. Époque Louis XVI.

MARBRES, TERRES CUITES

84 — Important buste en marbre blanc sculpté,
représentant un doge en cuirasse, drapé d'un
manteau.

85 — Buste de jeune femme en marbre blanc
sculpté.

86 — Bas-relief en terre cuite, représentant un
faune et une bacchante. Signé : *Duval* et daté :
1779.

87 — Pendule en terre cuite, formée des trois
Grâces, celle du milieu, le bras levé, indique
l'heure sur le globe du monde. Signée de
A. Carrier. Socle en marbre vert de mer.

Haut., 75 cent.

MEUBLES

SCULPTÉS OU MARQUETÉS

RÉGULATEUR

88 — Toilette circulaire en acajou, marbre bleu-turquin. Epoque Empire.

89 — Table à thé, en acajou, à trois étagères circulaires pliantes. Époque Directoire.

90 — Petite table-bureau plat en bois de rose et satiné, ornements en bronze. Style Louis XVI.

91 — Table-bureau, à trois tiroirs, en bois de rose et bois satiné. Ceinture, chutes, sabots et mascarons en bronze ciselé. Le plateau recouvert de cuir gaufré. Style Louis XV.

92 — Petite commode, à deux tirois, en rose de noyer et filets de marqueterie. Poignées et entrées de serrure en bronze. Dessus en marbre bleu-turquin. XVIIIe siècle.

93 — Petite commode en bois de rose et marqueterie de bois de placage, ouvrant à deux grands tiroirs et deux petits. Chutes, sabots, entrées de serrures, tablier en bronze ciselé et doré. Style Louis XV. Dessus en marbre rouge veiné.

94 — Commode galbée, d'époque Louis XV, à deux grands tiroirs et deux petits, en bois de rose frisé et bois satiné. Chutes, sabots, poignées, entrées de serrure et tabliers en bronze ciselé et doré, de style Louis XVI. Marbre Sainte-Anne.

95 — Commode, à deux grands tiroirs et un autre tiroir contenu dans la ceinture, en bois de rose frisé, incrusté de filets en bois d'amarante et citronnier ; elle est ornée de rinceaux fleuris, de chutes à tête de bélier, sabots à feuille d'acanthe, moulures droites et à rais-de-cœur, tablier et entrées de serrures en bronze ciselé. Époque Louis XVI. Marbre brèche. Signé : *Saunier*.

96 — Secrétaire à vitrine en acajou moiré, à colonnes cannelées, orné de baguettes de cuivre. Époque Louis XVI.

97 — Secrétaire, à abattant, à pans coupés, en marqueterie sur bois de placage à bouquets de fleurs. Dessus en marbre blanc. Époque Louis XVI.

98 — Chiffonnier, à colonnes cannelées, en acajou et baguettes de cuivre. Marbre gris. Époque Louis XVI.

99 — Bahut, galbé sur la façade, ouvrant à deux portes, en acajou bois de rose et marqueterie de bois de placage. Baguette, tablier, chutes et entrées de serrure en bronze ciselé et doré. Style Louis XV. Dessus en marbre brèche.

100 — Bahut-cartonnier en bois de rose, de forme
contournée, en marqueterie à fleurs en bois de
placage, contenant six cartons garnis de cuir,
ornements en bronze ciselé. Style Louis XV.

101 — Bahut en noyer sculpté, à mascarons, chutes
de feuilles, etc., ouvrant à quatre portes et deux
tiroirs. xviie siècle.

102 — Bahut, à deux corps superposés, en noyer
sculpté, marqueté sur ses trois faces de citronnier, à décor de figures allégoriques, de rinceaux, etc. Les montants sont sculptés de
consoles, de cariatides, figures d'enfants, mascarons, etc. Il ouvre à quatre portes et deux
tiroirs au centre. Style italien du xviie siècle.

103 — Régulateur en bois de rose, marqueté d'attributs de la Musique, orné de bronze ciselé et
doré. Époque Louis XV.

SIÈGES

104 — Fauteuil en noyer sculpté, d'époque Louis XV, recouvert de tapisserie au point.

105 — Fauteuil en noyer sculpté, d'époque Louis XV, recouvert de tapisserie au point.

106 — Sept chaises en noyer sculpté, d'époque Louis XV, recouvertes de moleskine.

107 — Quatre fauteuils en bois sculpté et doré, recouverts de tapisserie d'Aubusson, à personnages et animaux. Époque Louis XVI.

TAPISSERIES

108 — Deux panneaux en tapisserie d'Aubusson du
XIXᵉ siècle, décorés chacun d'un médaillon,
portant des pastorales inspirées de BOUCHER,
sur fond crème, à rinceaux et guirlandes de
fleurs, dans le style Louis XVI.

109 — Tapisserie à grands personnages, représentant Diane chasseresse; bordure à attributs sur
les quatre côtés. Flandre, XVIIᵉ siècle.

110 — Tapisserie à grands personnages, représentant une scène mythologique; bordure à attributs divers sur les quatre côtés. Flandre, XVIIᵉ
siècle.

111 — Objets omis.

www.ingramcontent.com/pod-product-compliance
Lightning Source LLC
LaVergne TN
LVHW011009180726
843502LV00007B/2426